U0127142

輿地

城營

山川，地險也。城隍、營壘，設險以守其國也。密雲以彈丸地，城營林立，雄視上都五州十八縣，莫與京焉。説者首縣治地，次丞、尉分駐地，重官守也；次旗營，次柳林營，次練軍營，重統帥也；次三路分駐營，重邊防也。凡形勢之方畸、里仞之深廣、建置之甲乙、門闉之開闔，與夫官吏將帥之所轄馭，依法備書，咸正無缺。録舊志

按：舊志首縣治，次丞尉分駐地，重官守也；次旗、緑、柳林諸營，重統帥也，云云。以位，則統帥爲尊；以職，則官守爲重。志以縣名，則縣治以及丞尉駐在地皆主位也，旗、緑、練軍各營，皆賓位也。營以屯兵，堡以列戍，列三路分駐營而寨堡星羅。有圖無説，豈以建置無考、等於廢墟、無煩辭費歟？然既重邊防，則沿邊寨堡皆爲分屯之所，故補敘之，以爲留意邊務者助。

縣城在廳治東北，廳指北路廳，今省。當改爲京城東北。距廳城一百三

十里。背倚冶山，面臨黍谷，白河抱其西北，潮河夾其東南。舊城，明洪武十一年建，周九里十三步，高三丈五尺，闊二丈八尺。城形西北微狹，置東、西、南凡三門。池深二丈，闊一丈五尺。

新城，距舊城東五十步，夾道界之。明萬曆四年建，周六里一百九十八步，高三丈五尺，闊二丈。城形正方，置東、西、南凡三門。池深闊如舊制。按：新城與舊城相錯，稍偏北，包舊城東面，略如京都内外城之制。而另闢西門，俗所謂夾道門也。夾道屬新城。原有北門，後以虛孤之説於縣治不利，遂堙塞，其故迹猶瞭然可見。夾道迤南有甕洞，今已圮。

前清康熙中，舊城西北隅爲白河泛溢所圮。

五十二年，奉仁廟特旨重修。五十六年，工竣，并於城西築石子堤一道，長八百零三丈。六十一年，大雨，水大至，壞護堤壩百丈有奇，坍塌土牛城墻，沈陷三百十六丈八尺。仁廟白熱河回鑾，親臨指示重修，手書「川流永奠」額，鎸石堤頭，至今尚存。同治九年，大水，堤潰數十丈，具詳白河尾説中。至今無力修復。光緒年間，舊城垣北面又圮，有守土之責者，當亦關懷捍衛歟？

案：薛志載，自沙峪溝至西。門外，名舊壩，凡六百丈有奇；至城北，名西壩，凡

三百五十丈有奇；自唐家莊至西河，名河西西壩，凡一百丈有奇。各高三丈五尺，明隆慶四年，中丞劉應節，都護戚繼光，知縣邢玠，中軍張爵、徐枝，副將張臣、董一元等同築，復圮於水。至是，水嘗壞城。康熙五十六年，直隸守道李維均奉特旨築建，自城北沙河莊南起，至西門外，築石子堤八百三丈，以護城垣。復建木草、沙石等壩各數十丈不等，以護堤壩。此條康熙五十六年云云，即前條五十二年事，所叙原委較前爲詳。舊城，知縣、今改知事。典史駐之。新城，都司駐之。都司於癸丑年奉裁，縣治已無城守之制，新舊兩城統歸知事管轄。

石匣城，縣東北六十里，亦曰石匣營。城西有石如匣，因以爲名。印靈山峙其北，潮河經其東。明弘治十四年建，〔注一〕周四里二百二十四步，城形方正，置四門。前清康熙六十年，奉特旨重修。後北城樓及鐘鼓樓圮，同治十年，縣丞及游守等倡衆醵資培修。縣丞、游擊駐之，縣丞於癸丑年改爲警察分所，游擊奉裁。

古北口城，縣東北一百里，距正關五里，亦曰

〔注一〕「弘」，原作「宏」，清爲避高宗愛新覺羅・弘曆諱而改。民國修志時仍從之。今據文獻改回，後同。

北門坡，亦稱營城。跨山爲城，南控大石嶺，西界潮河川，爲古北衝地。明洪武十一年建，周四里三百十步，三角棱形，置東、南、北凡三門。原密雲後衛，後衛省入縣。驛傳道、理事、同知、巡檢、都司駐之。驛傳道、同知并省，巡檢、都司亦次第俱裁，統歸縣知事獨轄。

八旗駐防營，縣東北三里，據冶山之陽。清乾隆四十五年建，虎皮石垣周四里，營形正方，置三門，無樓堞，惟東南角有奎樓。太陽宫副都統駐之。

柳林營，縣東北一百五里，卧虎山據其北，潮河帶其南，亦曰潮河鎮，或稱古北鎮。清康熙三十二年建，依山設險，東西横三里，南北縱僅半里，如簸船形，置東、西凡二門。總兵駐之。雍正元年，裁總兵，置直隸通省提督駐之。提督及參游守等官均於癸丑年奉裁，營廢。

練軍五營，縣東北九十五里，距古北口正關十里，西起福峰山陽，東盡北甸前。清同治六年三月建。營址一頃二十六畝，環山列壘，如鈎鈐星形。中營、左營、右營、前營、馬兵營駐之。

練軍本隸提標，提督裁營，廢。

墻子路城，縣東北八十七里，距墻子嶺正關三里。今實地步量，墻子嶺正關距縣八十三里，則墻子路城當云八十里。八十七里者，誤。在正東稍偏北。明洪武年建，周二里有奇，城形前正方、後枕山麓，置東、西、南三門。都司駐之。都司裁，城廢。

曹家路城，縣東北一百四十里，北距漢兒口十三里，東距黑峪關二十里。明洪武年建，周三里有奇，城形東南隅缺。

石塘路城，縣北五十里，西距鹿皮關五里。明洪武年建，周二里有奇，城形西南隅缺，置四

門。前清初年，都司駐之。乾隆五年，改置守備。道光二十三年，置把總戍之。把總裁，城廢。

輿地

衙署

縣地扼要中邊，設官分職，星羅棋布，凡以慎疆圻、任教養者，胥在是焉。說中首列旗營，次詳公署，繼以軍府廢址殿焉。庫、廠、場、局，并取從同，庶非雜廁。

按：舊志於城營類列滿營於縣署之後，於衙署類則列副都統署於前，蓋隱寓春秋尊王、朝廷尚爵之義。自辛亥鼎革以後，滿蒙混合，五族大同，文武均權，兵民分治，更無級之可言。斷以名從主之義，則仍列縣署於前，而副都統署列於武職軍府之内，庶於分庭抗禮之中仍有寓兵於農之意。而縣議事會爲一邑自治總匯，爲國家法定機關，實與公署鼎峙焉，故後於公署。至巡警總局、電報分局、郵政分局，凡屬官立之局，則另列新政一門，匪敢誇多，聊存紀實。

文職公署

知事公署，癸丑年，知縣改稱知事，知縣署改稱行政公署。在舊城鼓樓西。明

隆慶、萬曆間，知縣邢玠、張世則重修。清康熙五十九年、雍正元年，知縣薛天培再修。按：薛志載，大門三楹，儀門三楹，兩腋門、大堂、二堂、三堂并五楹。其東衙、西衙、縣獄、土地祠、左右六房公廨、收糧厫、馬房、支應房、旌善亭、申明亭、施藥局，皆在署前。又康熙時，知縣周鉞建聖藻亭於大堂前，鐫仁廟御製《幸密雲诗》於上。今僅存後堂、大堂，其餘并圮。光緒二年知縣趙文粹重建二堂并東廳及監獄、班館；光緒六年，再建東院北房三楹。光緒二十二年，知縣屠義容率吏役等合貲重修大堂。今益復頹敝，祇有二堂三間、二堂前東西配房各二間、東西花廳各三楹及内院北房五楹、東西各三楹而已，然俱傾欹欲圮。惟大堂巋然獨立，尚未爲風雨飄摇。歷任邑宰多係攝篆，瓜代頻仍，不惟無力修復，亦無暇及此也。

縣丞署，原在縣署東，後改駐石匣城。癸丑年，縣丞缺，裁，改爲警察分所。

學署，在舊城鼓樓東，洪武十一年建，歷有修葺。光緒年間，前後重修兩次。

典史署，在縣署西。

附倉厫

龍慶倉，在縣署南，明洪武時建，屢修屢廢。清康熙三十二年，直隸巡撫于成龍奏請重建。後爲運放旗營兵米之所。按：乾隆時，撥八旗官兵二千餘員名駐防縣地，歲漕於東漕撥米二萬三千餘石，由縣赴通州

常平倉，一在縣署南、龍慶倉東，道光八年知縣藍田建，咸豐八年知縣王寶權重建；一在石匣城内，道光八年知縣藍田建。今并廢。

運倉散放。額定運費銀五千九百有奇，歲實領一千四百餘金。復因漕運抵通較遲，夏潦秋霖，舟車洳沮，司事者每多覆餗之戒云。光緒十三年，因東漕運費過重，議改折，漕運費銀遂停發，而倉亦旋廢。

古北口倉，在古北口城，明洪武十二年建。清康熙時，同知鄭富民建。

鼓樓，在縣署東，明正統八年建。後地震，圮。清康熙三十四年，知縣鄭富民重建，爲楹五，祀文昌於上。鐘樓在鼓樓後，今廢。鐘高七尺餘，銅質，今尚棄置鼓樓後。鼓樓亦頽廢，惟樓座巋然獨存。

縣議事會，在縣署南，即龍慶、常平兩倉故址改建。其地東西長三十五丈零五寸（係南北頭折算。）南北寬三十二丈（係東西頭折算。）計畝十八畝七分弱，繚以周垣。大門仍倉舊制，東向，中爲門樓，南爲號房，北爲哨官住宿室。入大門迤北，東房共九楹，首三間爲接待室，次庖舍，次庶務科。又北上樂臺，面南廳事五楹，中三楹爲會議廳、東議事會辦公廳、西參事會辦公廳。廳之西又五楹，其初爲工藝織紡

局。中三楹爲織紡室，東、西爲理事所，今會計科駐之。其西相距兩丈餘，又廳事五楹，中一楹爲城議事會會議廳，東兩楹爲理財所，西兩楹爲税契科。大門迤南，另建保衛休息室三間、厠所一間。計東、西兩面，共廳舍三十間，占全會場面積五分之一。餘地則遍植湖桑以飼蠶，爲實業之提倡，故勸業所未取銷以前即附屬焉。其面南廳事，多倉房所改建，故特高廠，而以工藝局建設爲最早，在光緒三十年間。東、西廳事及東面配房，皆三十三四年、宣統元年陸續改建，地勢最高，開軒遠眺，南山爽氣如在户牖。合城公所，以此爲最鉅。惜財力支絀，不能多建屋舍耳。（此專指會場而言，不及議事會一切規制。）

高小學校，在舊城鼓樓前東胡同内，原白檀書院改建。（此專言地址，其一切規制，詳見學校門。）

武職軍府

副都統署，在縣治東北八旗駐防營内。

協領房，四所。

佐領房，十六所。

防禦房，十六所。

驍騎校房，十六所。

印房，一所。
左、右二司房，各一所。
官廳，一座。
兵丁住房，四千間。
城門堆撥房，三所。
馬檔房，二間。
操演處，二十五間。
軍器庫，三間。
火藥庫，六間。
校場，在營房東門外二里。

以上均在駐防營，此當年設營規制。近數十年間，官房尚略可觀，兵丁住房已有頹圮不堪住者，亦八旗生計使然，無可諱飾者也。

提督署，在古北口城西五里柳林營。雍正元年建。
中軍參將署。
中軍守備署。
左營游擊署。
左營中軍守備署。
右營游擊署。

右營中軍守備署。

密雲城守營都司署，在縣新城迤北，即明總督署也。自前清改建都司署，規模縮小，然其前後左右皆當年故址也。

古北口城守營都司署。

司馬臺把總署，原明提調署。

潮河川把總署，原明提調署。

石匣城營（即提標前營。）游擊署，在石匣城，原石匣協副將署。

前營中軍守備署。

石塘路把總署，在石塘路城，原參將署。

白馬關外委把總署，原明提調署。

大水峪外委把總署，原守備署。

曹家路都司署，在曹家路城，原游擊署。

楊家堡千總署。

黑峪關把總署。

吉家營把總署，原明提調署。

扳谷岩把總署。

窄道子把總署。

墻子路都司署，原參將署。

鎮羅關把總署，原明提調署。

將軍關把總署。

校場，一在縣新城北，元天順六年建；一在古北口城外；一在石匣城外；一在曹家路城外；一在墻子路城外。

以前自提督署起，緑營兵弁，節次奉裁，多成廢址。癸丑，緑營自提督以下，全行裁撤。所有軍府、衙署，悉數作廢，以後或改公所，或別建新營，俟有定章，另行續纂。

廢址

總督署，原在舊城東南隅，明萬曆五年改建新城北，闡即現在都司署，但規模已縮小矣。

户部分司署，在縣署東，明洪武十一年建。

工部分司署，原户部分司署，疑即在今之魚市口，本名分司胡同。

兵備道署，在縣署東南，明弘治十一年建。

驛傳道署，在古北口城，康熙三十九年建。

驛站理事同知署，在古北口城，康熙三十二年建。

管糧通判署，在縣署南，明嘉靖二十九年建。
密雲中衛署，在縣舊城。
密雲後衛署，在古北口城，原守禦千户署。
後衛學署，在古北口城，明嘉靖四十四年建。
提調署，一在司馬臺，一在潮河川，一在大水峪，一在白馬關，一在吉家營，一在黑峪關，一在鎮羅營。
武學署，在文學署西，明隆慶六年建。
主簿署。
倉大使署。
庫大使署。
驛丞署。
協守副將署。
中軍參將署。
中權營。
前鋒營。
後勁營。
輜重營。
振武營。
奇兵營。

永勝營。

左右營游擊署。

都察院行臺，在舊城鼓樓東，原明密雲中衛署。

户部銀庫，在縣署東，明嘉靖時建。

古北關税官舍，遼時建。

草場，在舊城西南，明洪武年建。

陰陽醫學，在縣署西，明洪武十七年建。

鐘樓，在縣署東，明正統十四年建。嘉靖四十四年，總督軍門劉、兵備道張守中、知縣邢元徹、督同王繼祖重建。其下中通四門，與鼓樓兩兩相對。

預備倉，在舊城。

廣積倉，在大水峪，明嘉靖時建。

廣有倉，在曹家路，明嘉靖時建。

廣盈倉，在墻子路，明嘉靖時建。

廣豐倉，在石塘路，明嘉靖時建。

廣儲倉，在白馬關，明嘉靖時建。

猪圈領倉，在鎮羅營。

火藥局，在舊城。

神器庫，在舊城。

獲野館，在舊城西門外五里，明萬曆二年，户部郎中申嘉瑞、通判衛重鑒建。

施藥局，在縣署東，明萬曆四年，知縣張世則建。

鄉約所，在夾城内，明萬曆五年建。

裕邊場，在舊城南門外一里，明萬曆六年，户部郎中戴燿、通判衛重鑒建。

申明亭，在縣署前，明萬曆時知縣張世則建。

旌善亭，在縣署前，明萬曆時知縣張世則建。

支應房，在縣署前，〔注一〕明萬曆時知縣張世則建。

養濟院，在縣署西北，明萬曆時知縣尹同皋建。

惠民局，在縣署南。

僧會司，在縣署北龍興寺，明洪武十六年建。今在河西觀音庵。

道會司，在縣署北真武廟。僧會、道會兩司雖廟貌依然，而名存與廢址等，故附於廢址之後。

以上所列，或尚有舊基，或渺無形迹。惟遠則建自明初，近亦在於中葉，姑記之，以爲留心古迹者助。

〔注一〕「前」上，原衍「建」字，今據上下文意删。

密雲縣六路户口表（照現行表式最下爲單位，上推至萬而止。）

類別／地點	户數	男丁數目	女口數目	丁口合數
本城	八〇六	四三九二	二三六五	六七五七
南路	二八八三	八五四五	七一三九	一五六八四
西路	二七八四	七七二一	六七〇三	一四四二三
東路	二二八八	五八五三	五二三五	一一〇八八
北路	二八四三	七四七八	六四三七	一三九一五
又東路	二五四六	六二八〇	五五五五	一一八三五
東北路	三八六七	一〇六〇三	八一九八	一八八〇一
總計	一八〇四七	五〇八七二	四一六三二	九二五〇四

以前所載，村莊分四至八道，明方向也。至户口，則分六路調查，分區域也。密雲疆圉，南北狹而東西袤廣，故另增又東、東北兩路。合計一萬八千零四十七户、九萬二千五百零四丁口，係照前清宣統三年、最近調查之數。現年雖有增減，諒不至大相徑庭云。

輿　地

市里　村莊

積市里村莊而成聚，積聚而成鎮，積鎮而成都邑；都邑者，市里、村莊之積也。市廛所尚、村莊所居，於以覘風化、求生聚、課賦役、辨户口、詰奸宄，靡不在是。州居部別，擊柝相聞，友助守望，孰便孰否，則嘗知距離之遠近焉；阡陌縱横，争田争畔，則嘗知方向之位置焉。生計之衰旺，視乎土田之肥瘠，或昔繁庶而今凋零，或昔貧窶而今豐阜，則注重於清查户口而課賦役、詰奸宄兩事已，若六轡之在手。故是編於距離方向、户籍丁口考覈維謹，不僅倚里胥爲耳目，以册卷爲圖籍，參合測繪家數種地圖，復準以調查員之報告，稍爲正訛訂謬。其沿誤誠知不免，指示匡正，是所望於博雅君子。

集市

舊城市，每月單日集，東、西、南三處輪流。先是，一七三九五，西街集；三九五一七，東街集；五一七三九，南街集。後每逢七，撥過新城

一集。新城市，先是每月雙日集，後改每月逢七由舊城撥過一集。

石匣市，在石匣城，每月以初二日、十二日、二十二日、初七日、十七日、二十七日集。

里

東厔里、遠西里、星莊里、新城里、竇家里、八家里、陳太里、户部里、安濟里、中衛里、廣順里。以上共十一里，密雲諸村莊分隸焉。然有地點本在甲里，而户籍屬於乙者；有本在乙里，而屬於丙者。地本插花，不能截然畫分區域也。

村莊

正南

寧村，土稱迎村。至縣五里。

河南寨，至縣八里。

聖水頭，至縣八里。

盧各莊，至縣十二里。又名魯各莊。

銀冶嶺，至縣十五里。

中莊，至縣十五里。土稱東莊。

半壁店，至縣十五里。

荆栗園，至縣十六里。

南臺上，至縣二十里。以步計之，不過十八里。

南臺下，至縣二十里。土名下屯，不過十八里。

夾山，至縣二十三里。

沙窩里，至縣二十三里。

丁家莊，至縣三十三里。懷柔縣界。

以上正南諸莊，除寧村、聖水頭正南，餘俱稍偏西。

西南

河漕莊，至縣十里。原有大、小河漕二莊，後小河漕没於水，現只有大河漕一莊。

王各莊，至縣十八里。懷柔縣界。

檯頭莊，至縣二十里。

兩河，至縣二十五里。

馬房，至縣四十里。順義縣界。

西胡家營，至縣四十五里。順義縣界。

紅寺兒屯，至縣四十五里。三河縣界。

東山頭，至縣五十八里。順義縣界。

于家新莊，至縣六十八里。通縣界。

正西

河西莊，至縣二里，一名季家莊。

司馬莊，至縣二里。

鄭家莊，至縣四里。

燕落寨，至縣五里。

靳各寨，至縣十里。

十里鋪，至縣十里，即塔院莊。

田各莊，至縣十五里。

梨園莊，至縣二十里。懷柔縣界。

倉頭，至縣二十里。懷柔縣界。有元蕭丞相墓。

沿村，至縣二十里。

西北

王家樓，至縣五里。

大唐家莊，至縣五里。

小唐家莊，至縣五里。

李各莊，至縣六里。

韓各莊，至縣八里。

太子務，至縣十二里。

西屋莊，至縣十二里。

白道峪堡，至縣三十里。

牛盆峪堡，至縣三十里。

大小峪堡，至縣三十里。

大良峪堡，至縣三十三里。

石夾堡，至縣三十五里。

河防口堡，至縣三十六里。

神堂峪堡，至縣四十里。

玕連口堡，至縣七十里。

正北

周家莊，至縣二里。土稱城後。

沙河莊，至縣五里。

東屋莊，至縣十二里。本名東鎮，大小共三莊。

楊家淺，至縣十二里。

響水峪，至縣十二里。有高大中丞墓。

石井，至縣十八里。

吴家莊，至縣二十里。

金叵羅，至縣二十里。

溪翁莊，至縣二十五里。即旗鼓莊之訛，土稱齊各莊，音猶近之。

神仙堡，至縣二十五里。

舍馬峪，至縣二十五里。

北柏岩，至縣三十里。

東營，至縣三十里。

和尚店，至縣三十里。

尖岩，至縣三十里。

柏山坨，至縣三十三里。

星莊，至縣三十三里。

青甸莊，至縣四十里。有范大司馬墓、鄂方伯墓。

王各莊，至縣四十二里。

李各莊，至縣四十三里。

鄧各莊，至縣四十四里。

沙峪里，至縣四十五里。即沙魚里。

東水峪堡，至縣四十五里。

南石城堡，至縣四十五里。

北石城堡，至縣四十八里。

不老莊，至縣五十里。舊傳，有五百歲老人居此。

沙峪口，至縣五十里。

乾河廠，至縣五十里。

沙峪嶺，至縣六十里。

石佛兒堡，至縣六十里。

下馮家峪堡，至縣六十五里。

上馮家峪堡，至縣六十五里。

一座樓，至縣六十五里。

高家莊堡，至縣六十八里。

青陽鋪，至縣七十里。

西駝骨關堡，至縣七十里。

白連峪堡，至縣七十五里。

白馬營堡，至縣八十里。

白馬關城，至縣八十里。

東駝骨關，至縣八十二里。

以上城堡、村莊，自東水峪堡以下，多偏西。

東北

穆家峪，至縣二十里。

九松山，至縣二十五里。本張大人墳，有松九株。康熙年，敕改名九松山。

東模河，至縣二十六里。

南省莊，至縣三十里。

北省莊，至縣三十里。

陳各莊，至縣三十里。

南石駱駝，至縣三十里。

北石駱駝，至縣三十里。

上户部莊，至縣三十里。

下户部莊，至縣三十里。

南北碱廠，至縣三十五里。地産碱，故名。

西模河，至縣三十六里。

嶺東莊，至縣三十八里。

渤海寨，至縣三十八里。有渤海泉。

莊禾屯，至縣四十里。有前、後二莊。

超渡莊，至縣四十里。有前、後二莊。又名朝都莊。

董各莊，至縣四十里。

水花屯，至縣四十里。又名水孤屯。

黄坨子莊，至縣四十里。

大清水潭，至縣四十三里。

小清水潭，至縣四十三里。

釣魚臺，至縣四十五里。

善各莊，至縣四十五里。

小營，至縣四十里。有行宫。

金勾莊，至縣四十五里。有金勾館，亦謂之金勾淀。地有大澤一區。金勾莊一名金勾屯。

八家莊，至縣四十八里。

于家臺，至縣五十里。

套里，至縣五十里。

化家店，至縣五十里。

燕樂莊，至縣五十里。舊志作安樂莊，謂

《括地志》有檀州屬之燕樂縣，即舜流共工處。今安樂莊地址與各莊迥异，相去數里，又有共工城，其爲「燕樂」之訛可知。薛志謂，此即安樂郡，恐誤。

黄土坎，至縣五十里。

楊家莊，至縣五十二里。按：今亦通稱燕樂，無稱安樂者，仍當以燕樂之名爲正。

莊頭，至縣五十三里。

南北永樂店，至縣五十五里。

祖各莊，至縣五十五里。

前兵馬營，至縣五十五里。

後兵馬營，至縣五十五里。

團山子，至縣五十八里。

後堡莊，至縣六十里。

半城子，至縣六十里。

太史莊，至縣六十里。太史莊東南三里餘，另有太史屯。

吴家會，至縣六十三里。土稱五家會。

上金扇莊，至縣六十五里。

斗子谷，至縣六十五里。

栗子谷，至縣六十五里。

下河頭，至縣六十七里。

波光谷，至縣六十八里。又名博公峪。

下北莊，至縣六十八里。

姚亭莊，至縣六十八里。有新、舊兩行宫。

漕村，至縣六十八里。有大、小兩漕村，相隔二里餘。

上塔子會，至縣七十里。

下塔子會，至縣七十里。

田各莊，至縣七十里。

孫各莊，至縣七十里。

學各莊，至縣七十里。

南莊，至縣七十里。

上北莊，至縣七十里。

盧頭莊，至縣七十里。

下金扇莊，至縣七十里。

斗嶺子，至縣七十二里。

盧各莊，至縣七十三里。

桑園，至縣七十五里。

南山會，至縣七十五里。又名轉山會。

蜂兒峪，至縣七十五里。

葦子峪，至縣七十五里。

北台，至縣七十五里。

車道峪，至縣七十五里。
桃花庵，至縣八十里。
高嶺，至縣八十里。
臭水坑，至縣八十里。
南湘峪，至縣八十里。
郝家臺，至縣八十里。
放馬峪，至縣八十里。
南臺，至縣八十里。
沙嶺子，至縣八十里。
東莊，至縣八十三里。

河南營，至縣八十五里。
北湘峪，至縣八十五里。
大小新開嶺，至縣八十五里。
令公莊，至縣八十五里。
姜毛峪，至縣八十五里。
莊窠，至縣九十里。
陳家峪，至縣九十里。
北店子，至縣九十里。
老王店，至縣九十里。
楊家堡，至縣九十里。

楊家莊，至縣九十里。

潮河營，至縣一百里。

潮河關堡，至縣一百里。

司馬臺堡，至縣一百里。

小營，至縣一百三里。

方家峪，至縣一百五里。

龍王峪堡，至縣一百五里。

新營堡，至縣一百五里。

正關上，至縣一百五里。

西寨堡，至縣一百十里。

秋千峪，至縣一百十里。

磚垛子堡，至縣一百十里。

小巴各莊，至縣一百十二里。

太湖石，至縣一百十三里。

沙嶺兒堡，至縣一百十五里。

新城莊堡，至縣一百十五里。

將軍石，至縣一百二十五里。

蔡家店堡，至縣一百三十五里。

窈窕峪堡，至縣一百四十八里。

大角峪堡，至縣一百六十里。

正東

劉家莊，至縣二里。有新、舊兩行宮。

神仙莊，至縣二里。

楊家樓，至縣二里。

二里鋪，至縣二里。

高家莊，至縣三里。

前栗園莊，至縣五里。莊西有郎司馬墓。土稱郎家墳。

後栗園莊，至縣八里。

石嶺莊，至縣十里。

柏岩三莊，至縣十里。有郎總漕墓。

豐各莊，至縣十三里。

前焦家府，至縣十五里。

後焦家府，至縣十五里。

水峪，至縣十八里。

羊山，至縣二十里。

南霍各莊，至縣二十里。

北霍各莊，至縣二十里。

撥關峪，至縣二十里。

徐家莊，至縣二十里。

郝家莊，至縣二十三里。
安新莊，至縣二十五里。
金扇子莊，至縣二十五里。有菩薩頂。
鄧家灣，至縣二十五里。
大嚴莊，至縣二十八里。
蘆子峪，至縣二十八里。
荆子峪，至縣二十八里。
巨各莊，至縣二十八里。
竇各莊，至縣三十里，即竇禹鈞故里。
塘子莊，至縣三十二里。

板石大嚴，至縣三十五里。
九連莊，至縣三十三里。本名久遠莊。
海子里莊，至縣三十五里。
康各莊，至縣四十里。
沙廠，至縣四十里。
牛角峪，至縣四十里。
莊頭，至縣四十里。
虎狼峪，至縣四十里。
北山下莊，至縣四十五里。
棠凱谷，至縣五十里。

七角嶺，至縣五十里，今名河下有李總兵墓。

前廠，至縣五十里。

後廠，至縣五十四里。

尚家莊，至縣六十里。

城子里，至縣六十里。

聶家峪，至縣六十里。

房兒峪，至縣六十二里。

高家莊，至縣六十三里。

田各莊，至縣六十五里。

蔡家峪，至縣六十五里。

以上諸莊村，或在正東，或東偏北。

東南

提轄莊，至縣八里，又名八里莊。莊北有劉武周墓。相傳爲遼劉存規莊院。

山溝，至縣八里。

蔡家窪，至縣八里。

遠西里，至縣二十里。

界牌莊，至縣三十里，密雲、懷柔分界，有界石。

南溝，至縣三十里。

瓦官頭莊，至縣五十里。

猪圈頭莊，至縣五十五里。

西峪莊，至縣五十五里。土稱邪峪。

鎮羅營堡，至縣六十里。上下二堡。

上鎮莊，至縣六十里。

楊各莊，至縣六十八里。

陳各莊，至縣七十里。

關上莊，至縣七十里。

巧女臺，至縣七十二里。又名孝女臺。

柏崖莊，至縣七十四里。

倉松會，至縣七十五里。又名倉术會。

黄門子莊，至縣七十五里。

大鏵山莊，至縣七十五里。三河縣界、懷柔縣界。

沙嶺，至縣七十五里。

熊兒寨，至縣一百里。

魚子山，至縣一百二十里。平谷縣界。

右舊志所載，都凡二百五十餘村莊，益以新調查所增，亦不過二百七十村莊。有爲圖中所未列者，有列入圖中而志未載者，參觀互證，庶補挂漏。

〔注一〕「輿地」，原脱，整理者據目録補。

輿　地〔注一〕

補編墻子路邊外界限地址圖説

密雲故境東，自墻子路關外迤南二十餘里，北至大小黄岩口外、曹家路口外東南，尚有百里之遥，舊志略而未載。今經實地調查山川、道里，南以將軍關、東以黄崖關爲密雲、薊縣交界；北則北横嶺，山勢綿亘，南包霧靈，四至走馬安嶺，中截南北三岔口。惟萬山盤鬱，疆界尚難臆斷，兹姑就履勘所及，繪圖立説，以作附庸。

本邑東邊外界限 墻子路關至縣八十三里，以下省文，但稱路。凡計里數，但云至路若干里，即可知總數。

乾澗嶺，路東南四十九里，將軍關界。屬薊縣

大梨樹溝，路東南六十里，將軍關界。

雙橋河東，路東七十里，黄崖關界。屬薊縣

雙叉河口，路東北九十里，黄崖關界。

大石洞河北，路東北八十里，黄崖關界。

北横嶺，路東北一百十里，西至曹家路，北與薊縣交界。

邊外諸山

東天梁，至路二十四里，東北方。

火烟山，至路二十里，東北方。
大普陀峪，至路十五里，東南方。俗名葡萄峪。
乾嶺，至路三十里，東南方。
大磨臺，至路四十五里，東南方。
乾澗嶺，至路四十九里，東南方。
北青崖嶺，至路五十里，東方。
南青崖嶺，至路五十五里，東南方。
車道嶺，至路六十里，東方。
興隆山，至路七十里，東北方。
遼坡嶺，至路七十五里，東北方。
北横嶺，東頭至路一百十里，西頭至曹家路三十四里，東北方。
霧靈山，至曹家路四十里，由曹家路至縣一百四十里。說已見前。

邊外諸河

墻子路關河，至關約長五十餘里，其源有三：一出邊外迤南山下黃龍潭；一出後葦塘溝，徑北青崖嶺；一出大梨樹溝，徑南青崖嶺。三水匯而爲一，西流，三道大桶水左注之，營房北溝水右注之。又西，大、小水泉溝水左注之。又

西，徑前葦塘溝、漢溝，乾澗嶺水左注之。又西，徑楊樹溝撥房西南流。又折而西北流，徑乾嶺入山，潛流出乾嶺西，六道河、五道河水右注之。又西，徑火烟山折而南流，四道河水左注之。復折而西，三道河、二道河水左注之。徑攔馬墻又折而西北流，由墻子路入關。

雙叉河水爲大石洞河、雙橋河所交匯。大石洞河水出大石洞溝東北，流徑興隆山北。又東流，大石頭西溝水、攔馬墻西溝水匯爲漏水河，徑牤牛湖左注之。又東，爲大石洞河。雙橋河水

黄崖關山中，[注一]東北流徑興隆山南，又東，復折而東北流，至黄崖關東界與大石洞河合，是爲雙叉河。

小黄崖川，舊志云：源出邊外好地石湖。

當是郝地子。

按：郝地子距東石湖十里，當是兩水合而爲一。紆迴曲折，入小黄岩口。

大黄崖川，舊志云：源出霧靈山翻水泉。西流，入大黄崖口。與小黄川雙流并駛，中夾亂山，無寸土。其附近兩川村落、距離遠近，以未實地履勘，方向、里數不得而詳。粗陳概略，以俟修

[注一]「黄」上，據文意缺「出」字。

正。

二道河，至路八里，入墻子路關河。

三道河，至路十里，入墻子路關河。

四道河，至路十四里，入墻子路關河。

五道河，至路二十里。六道河，至路二十二里。兩河相距不及二里，上流俱在東北，河身淤淺，半雜沙石，中夾北坎莊。經山數重，又上徑神堂谷、古磬莊、郝地子，兩河合而爲一。河身愈淺，遂成孔道，至雙洞子撥房而止。

墻子路關外東南莊村

柳樹溝，至路五里。

安營寨，至路六里。

九神廟，至路十五里。

廠列堂，至路二十八里。

馬圈子，至路三十里。

北坎莊，至路三十里。以方向測之，在路正東。

神堂峪，至路三十里。

楊樹溝撥房，至路三十五里。

東北莊村

頭道溝，至路八里。

二道溝，至路十里。

米鋪，至路二十里。

菜廠，至路二十四里。

栅子溝，至路二十七里。

古磬莊，至路四十里。

東石湖，至路三十七里。

郝地子，至路五十里。郝地石湖，即舊志所稱小黄崖川發源處也。

北雙洞子撥房，至路七十里。

紅梅寺撥房，至路九十八里。寺在元明時爲大刹，有上院、中院、下院，山川明秀，林木翳如，頗稱名勝。今故址猶存，棟宇頽廢已盡。中院在東北山下，下院不可考。度其地址，約有十餘里之廣。撥房，即上院地也。

大黄崖口外村落 大黄崖口至縣一百一十里。今但云至口若干里。

猫兒洞，至口五里。

南花洞子，至口八里。

南大坡，至口十里。

北大坡，至口不及十一里。

網子溝，至口十五里。

小偏橋，至口三十一里。

楊石塘，至口三十六里。

楊樹灣，至口三十八里。

劉家寨，至口四十里。

肥猪圈，至口四十六里。肥猪圈至錦家溝四里。

小黄崖口外村落小黄崖口至縣一百里。今但云至口若干里。

界牌峪，至口三里。

山神廟，至口五里。

石門山，至口十里。

黄土山，至口十二里。

小石湖，至口十四里。

青石湖，至口十七里。

營南峪，至口十九里。

小楊樹溝，至口三十二里。

八义溝，至口四十二里。

小馬蹄溝，至口四十五里。由小馬蹄溝至郝地子五里。

葦子坑，至口六十八里。

曹家路口外站路曹家路至縣一百四十里。但云至路若干里。

遥橋峪堡，至路十里。由曹家路出南門，循

火道至堡，十里。三岔口撥汛至路，十八里。由遥橋峪南溝口即曹家路口。撥房入溝，過走馬、安梁。即走馬安口，一名北横嶺。出五虎門口，至三岔口撥汛，七里七分，云十八里者，取成數也。按：由曹家路至此，方出邊。蓋由五虎門口迤北至芍香峪口一帶，未出邊墻，已爲青椿以内之地，故一例以邊外視之。

北横嶺，至路三十四里。即曹路所謂南横嶺也，説詳邊外諸山「北横嶺」一條。

南三岔口撥房，至路三十七里。

錦家溝，至路四十七里。由此至雙洞子撥房，五十二里。

以上係由大、小黄崖口及曹家路口外，循山徑川路或東北、或東南行，紆迴曲折，里數有差。故一錦家溝也，至大黄崖口五十里，至曹家路四十七里；一雙洞子撥房也，至墻子路七十里，至曹家路五十二里。實則由縣至錦家溝，以取道大黄崖口爲近；至雙洞子，以取道墻子路爲近。且雙、錦兩處，爲墻子路東北、大黄崖口曹家路東南一大界限，其地脉俱奔會於霧靈山，故兩見之。又自大、小黄崖口一帶，村落俱環向東南，至郝地子而與墻子路關外地勢相接，於此取方向位置焉，故亦兩見。

輿地

壇廟　墳墓

聖人神道設教，有功德於民則祀之，所以崇德報功也。鬼有所歸，乃不爲厲，所以通幽明之故也。水旱之有祈禱，災荒之有賑濟，地方官吏多擇寺觀爲公所，亦治理之一助也。況乎金石可考，逸文留傳，可求古事，又文獻之所資也。祀典所關固有，其舉之，莫敢廢也。禪林道場，人其人、廬其廬，可也；削而不書，亦可也。往昔墳墓，并從類附，皆幽陰之義也。録舊志

按：明禋望祭，載在祀典，春秋祈報，法所不禁。非僅以神道設教，亦使人崇德報功，以厚民德。禮，諸侯祭封内山川。今之郡縣，古之侯國也。今三等大祀，一切廢罷，留膚功於百祀，而遽斬血食於一朝，不惟無以答神庥，亦恐無以勸來者。則告朔餼羊，藉延一綫，維持保護，端在邑人已。

縣城壇廟

社稷壇，在縣西三里，明洪武時建，後圮於

〔注一〕「始建」，原文互乙，今據上下文意改。

水。前清雍正間，改建舊城東北。

先農壇，在舊城東門內。

文廟，在舊城東門內，始建於元，〔注一〕至元、至正間重修；明成化、萬曆間，又重修；前清順治九年、十七年，康熙四十八年，同治元年，光緒二十三年，重修，至今。按：舊志自元至元二十八年起，中間歷明及清，年代及重修人甚詳。惟首序明成化年，遂及清順治九年重建，中間遺落萬曆年。復云「至今毀於兵」，考前清密雲文廟無毀於兵之事。下乃接序元至元二十八年重修，又重序明成化年重修，文義顛倒複雜，恐有錯簡，或鈔胥之誤。惜原稿無存，莫由糾正，今略序重修時代，以存掌故。必求詳贍，轉致錯誤。

武廟，在縣北，本名旗纛廟，元人建。明洪武時，開平王常遇春重建於縣東北。嘉靖四十四年，奉敕建武學，奉祀武成王。萬曆年，總督薛三才、汪可受，知縣伊同皋，守備施鴻謨，武學科正孫桂重修。前清改建，今廢。

文昌祠，凡四：一在舊城東南，一在舊城鼓樓，一在新城白檀書院，一在新城西北，并圮。今建，在文廟東。

魁星樓，原附建學宮內，後圮。道光時，邑武庠甯鴻烈倡衆醵貲，移建舊城東南隅，如角樓狀。光緒元年重修。

名宦祠，附建學宮內。明嘉靖四十四年，大

司馬劉、兵備道張守中建，并建鄉賢祠。

鄉賢祠，附建學宫内。雍正二年，知縣薛天培、教諭侯世憲、訓導陳秀芝重建。

節孝祠，附建學宫西。光緒二年，廪生傅繍、齊文在、侯勳同修。二十三年，教諭蘇楙宗重修。

八蜡廟，在縣新城東門外。舊爲功德祠，明萬曆七年，都護戚繼光建，祀總督楊兆等，有燕山勒功碑。後圮，改建今廟。

城隍廟，在舊城西門内。光緒二十九年，邑人重修，落成之日毁於火。三十二年，知縣陸嘉藻率衆重修，「地獄變相」及「照膽臺」諸舊迹俱不可復見。現設電報分局於此。

龍王廟，在縣南關東，明嘉靖三十二年建。

藥王廟，在縣新城南門外，後殿爲聖師廟。

火神廟，在舊城南門甕城内。光緒七年，邑紳甯鴻翥倡衆重修。

馬神廟，在新城西北，明景泰三年建，嘉靖年重修。

厲壇，在新城東門外。

東嶽廟，在縣東門外，明天順二年鎮守都指

揮陳亮移建。舊廟在縣西北，明洪武五年建。光緒六年，邑紳甯鴻翥倡衆重修。

龍興寺，在縣署北。唐貞觀時，尉遲敬德建。至金大安時，重修。元大德時，重修。明總兵王榮重修。俗名錘塔寺。今寺圮，塔存。俗呼爲大佛寺。

古關帝廟，在縣署南，唐貞觀時建。明洪武十三年，重修。嘉靖時，總督劉濤重修。萬曆三十七年，重修。有萬曆年翰林劉元震記，又翰林錢象坤記。有鄧光乾、知縣王之琦題額。

觀音庵，在縣南關，後唐長興四年建。明嘉靖元年重修。

晏公廟，在縣南關，明洪武二十年建。

塔院庵，在縣城夾道北。據薛志載，赤肚子不知何許人，明正德間游密雲，多靈怪事。後預示化期，謂宜葬城適中。至期，果化葬舊城東門外。萬曆間建新城，則墓適在夾城正中。相傳如是，無從臆斷其有無。

尊勝庵，本名了師庵，在鐘鼓樓東北。明嘉靖時，縣人爲赤肚子建，大學士夏言題額。萬曆時，兵備道張樸爲易今名。

文殊庵，在城西，明崇禎三年建。前清雍正元年，改建西門外。

三教堂，在縣新城。前清康熙三十八年，古北口總兵馬進良重修。

三官廟，一在縣舊城南門外，一在縣西北。

忠義祠，在縣東門外一里，舊祀前代死難諸臣。前清康熙四十年，提督太監顧問行重修，改爲三義廟。

張公廟，在縣西二里漏澤園內，浙紹鄉祠也，户部來復記。後圮，移建城內縣署西北，名英濟侯廟。

英濟侯廟，在縣署西北，越人孟大賢捨宅建。

明萬曆時，知縣王之都重修。翰林檢討孫如游記。

真武廟，一在舊城，一在新城，俱背倚城北，即城上建北極臺。其在舊城者，圮於水，康熙五十四年修城，重建。其在新城者，臺久圮。

邢公祠堂，在舊城東門內，祀明總督邢玠。

尹公祠，在學宮西，祀知縣尹同皋。

三皇廟，在縣署北。

玉皇廟，在新城都司署西。

華岩庵，在舊城南門外。

開元庵，在舊城内西南隅。

永慈庵，在縣新城前，爲總督王象乾祠。

大悲庵，在縣新城。

鄒大夫祠，在縣城夾道路北，祀燕鄒衍，每歲春、秋二祭。縣人以知縣張世則、田勸、王明、楊士鴻附祀。後改豐神廟。

豐神廟，在縣城夾道。從先，新城銀市在此交易，後俱移於三聖廟神祠。現邑人於此設德育會并宣講所。

竈君廟，在舊城縣署南，即慶峰觀舊址。

慶峰觀，在縣署南，元人建。明洪武時，道人郭東峰重修。復圮，邑人魏尚儒重修，邑人劉鑾奉老子像於觀。禮部侍郎張文憲記。按：劉鑾明時人，工塑像，京師大刹及内苑祠宇凡偶像奕奕有神采者，多出其手。

魯班廟，在舊城西門内。

小聖廟，在縣南門外西二里，明崇禎時建。前清康熙五十年，倉場總督石文貴重修。

三聖神祠，在舊城南門内街東，本係山西會館，銀糧交易、商賈會議俱集於此。前清乾隆六十年，知縣浦率邑人建。嘉慶、道光、咸豐年，代

有重修。光緒年，重修戲樓，并增拓南北看樓。今商會坐落於此。

以上城內廟宇及附郭壇廟。

莊村寺院〔注一〕

大安寺，在縣東北五十里，北齊時建。金承安四年，重修。舊名曰白猿寺。

關帝廟，在縣南蔡家窪。光緒初年，村人掘土，得唐人墓志銘一具，底蓋完好，字與唐懷仁集《聖教序》相近。邑紳李方畸移置廟中，以存古迹。

清修寺，在渤海寨，唐尉遲敬德建。明成化時重修。

聖德寺，在羊山莊，唐人建。元至正時重修。

卧佛寺，唐人建，明嘉靖時重修。

冶山上寺、下寺，在縣東八里，并遼崇熙八年建。今已頹圮殆盡。

觀音寺，在新城里，遼天慶時建。

清都觀，在縣西北十里，亦名洞真觀，金大安二年道人杜宗道建。元至元時，洞陽真人煉藥其地。明洪武二十四年，置道録司。有皇慶元年翰

〔注一〕「莊村寺院」，原脱，今據上下文例補。

林倪堅記。

塔山寺，在北省莊，元至正三年建。

地藏庵，在西石駱駝莊，元至正三年建。

祐國寺，在縣南十里鋪，元至元八年建，明正德二年重修。有磚塔高三丈餘，故又名塔院莊。

香岩寺，在縣東堂子莊，元至元時建，俗名曰白果寺。有白果樹兩株，周圍四丈餘，枝葉覆數畝，洵數百年物也。

觀音庵，在荆子谷，元至元時建。

天盆寺，在賈家莊，元至元時建。

龍泉寺，在八家莊，元至元時建。

開元寺，在太史莊，元至元時建。

崇福寺，在栗園莊，元至正時建。明嘉靖時重修。

谷壽寺，在縣東三十里，元人建。

金禪寺，元人建。

釣魚臺廟，元至正時建。

白雲觀，元大德八年集賢館學士宋漱建。

福泉寺，在縣東北五十里，明洪武四年建。

禪林寺，在縣東北四十里，明洪武八年建。

三教寺，在縣東北五十里青洞山下，明洪武時重建。

福田寺，在金叵羅莊，明洪武時建。萬曆時，翰林李廷機記。

洪山寺，在學各莊，明正統時建。

甘岩寺，在南莊，明成化時建。

龍泉寺，在縣南聖水頭莊，明正德三年建。

房兒峪庵，在縣南十五里，明正德時建。

元君廟，在縣署東北，明嘉靖二十二年建，俗名娘娘廟，有連枝松。

觀音庵，在東智里，明嘉靖時建。

清虛洞，明隆慶元年建，翰林倪堅記。按：舊志未詳所在，疑與清都觀相近。彼言皇慶，當是隆慶。

泰山聖母行宮，在城西北，明萬曆四年建。左通政司倪光薦記。

五龍祠，在縣治南，明萬曆四年，知縣張世則重修。相傳，禱雨輒應。

毗盧寺，在西智莊，明崇禎七年建。舊傳楊業叔文好佛，爲僧建居。户部主事周詩雅記。

普濟寺，在縣東北八十里，天統五年建。貞

寧二年重修。

觀音庵，在河西季家庄，前清康熙四十六年建，僧會司主之。舊志於天統、貞寧年號俱未著朝代。查天統係北齊後主緯年號，貞寧年號未詳。

石佛庵，在縣南鳳凰山，有聖水泉。

天門寺，在縣南三十里。

孤山寺，在縣南五里。

護國寺，在縣南十里。

雲峰寺，在縣東一百八十里。

新關帝廟，在石塘嶺。

藏經庵，總督王維記。

清濟寺，在縣北三十里。

龍門寺，在縣東北五十里。

龍王庵，在溪翁莊。

石佛寺，在太子務。

黑山寺，在柏岩莊。

雲岩寺，在李家莊。

觀音寺，一在銀冶嶺，一在韓家莊，一在東恒河莊，一在于家臺。

別穀院，在縣南十五里，黍谷山之祭風臺南，相傳爲鄒衍分別五穀處。俗稱爲別穀沿，音之訛

也。

鄒衍廟，此別一鄒衍廟，在黍谷山祭風臺上。

普照寺，在沙河莊。

奉福寺，在焦家塢。

湧泉庵，在穆家峪。

清涼庵，在竇家莊。

秀峰寺，在西峪莊。

紅門寺，在高家莊。

西方庵，地址未詳。

大佛寺，地址未詳。

以上各莊村寺院。

石匣各廟

三官廟，在城西門，明天順時建，弘治年重修。

慈濟寺，在城東門，明萬曆時敕建。

圓通庵，在城南門，工部分司李甲黃建。

三教堂，一在南門內西巷，一在北山。

關帝廟，一在十字街，一在東營。

藥王廟，一在北城，一在西門。

白衣庵，一在東城，一在南門外。

地藏庵，在東營。

龍王廟，在東門。

小聖廟，在東門。

聖師廟，在西門。

雙關帝廟，在西門。

天齊廟，在西門。

元君廟，在西門。

火神廟，一在南城，一在南門外校場。

馬王廟，在南門外校場。

城隍廟，在北街。

靈官廟，在北街。

財神廟，在北街。

大悲庵，在西北城。

土城庵，在西土城。

普慈庵，在城内。

圓覺觀，一在城内，一在城外西南。

八蜡廟，在城外西南。

玉皇頂，在北山。

古北口各廟

大悲庵，在城南十里南天門，舊名觀音庵。

前清康熙四十二年，提督太監顧問行等重建，敕

賜今名，并有御書「般若相神武鎮洛迦仙境」匾額。内建御書房一座，御書匾額曰「横翠」，聯曰「書閣山雲起，琴齋澗月流」。每年夏秋間，鑾輿往來駐蹕焉。

楊令公祠，明洪武八年徐達重建，祀宋楊業。成化時，鎮守監丞許常、都指揮王榮重修，敕賜名威靈廟，禮部尚書周洪範爲之記。嘉靖年，兵備僉事張守中、古北副將軍郭琥重修。前清霸昌道耿繼先、總兵蔡元重修。按：舊志藝文中有《張兵備重修楊令公廟碑記》，而於此處漏載。又周洪範係明尚書，原志敘在耿繼先等之後，兹爲校正。

元君廟，在城南五里，明指揮李建立建。

關帝廟，明商人藺尉建，李希聖記。前清康熙二十八年，守禦章京拉薩利重修。

永甯寺，在汾陽相里，明商人藺尉建。

忠義廟，在大石山南，明嘉靖時御史金豐村請建，祀參將魏祥，附祀死綏諸將士。侍郎趙永記。

馬提督祠，在柳林，前清康熙四十一年建。今改建書院。

蔡總兵祠，在北關，前清康熙五十九年，廣東

提督姚堂建。

文昌閣，在南街。

城隍廟，在東街。

玉皇廟，在北街。

東嶽廟，在東關外。

三官廟，在南關外。

古人墳墓

燕昭王墓，在縣北無終山。干寶《搜神記》載：墓前斑狸幻書生，詣司空張華，談論博雅。華疑之，遂伐惠王墓前千年華表木，燃以照之，書生現斑狸形，死。

太古墓，俗傳契丹太后葬所，圍十餘里，高如土山。昔人往發，將及墓門，群蜂飛出螫人，遂不果入。按：前二事頗涉神怪事，非史乘所應載。惟舊志以紀异，姑存之。

劉武周墓，在縣東南提轄莊。

劉存規墓，在嘉禾鄉。碑志載，劉字守範，遼人，漢河間王二十四代孫，屢建奇功，歷官積慶宮都提轄使、紫金榮禄大夫、校尉、司空兼御史大夫、上柱國。墓在提轄莊，莊即由此命名。

蕭丞相墓，在縣西倉頭莊。元人。

董元帥墓，在墻子嶺。元人。

楊佑墓，在安樂里。時官武略將軍、采金都轄使。

范公墓，在縣北青甸莊。公名承勳，前清康熙時官兵部尚書。生壙，其自營也。

高公墓，在縣北響水峪。前清，官安徽巡撫。

郎公墓，在縣東北岩。官兵部右侍郎、淮陽漕運總督，謚「温勤」。

鄂公墓，在縣北青甸莊。官布政使。

李公墓，在七各廟。官總兵。

輿地

津驛

津梁所以利行旅也，義取諸涣；驛傳所以達徑途也，義取諸隨。志乘所不廢焉。邑居古北口咽喉地，北通承德一府六州縣，（今府、州均改縣。）喀喇沁巴林蒙古部落諸旗實環其東、西、南三面。在昔，鑾輅經行，下逮皇華駰駱之所往來，各王藩牧之所貢獻，文報之所奔走而馳達，於是乎在視他邑之衝繁爲最。説輿地而以是殿之，猶《易》所謂「恒易以知險」「恒簡以知阻」云。（録舊志）

橋渡

超渡莊石橋，即朝都莊，在縣東北四十里，跨金溝水。

山安口石橋，在縣東北五十五里，通石匣城道。

白河澗石橋，在縣東北七十五里，跨黑龍潭水。

古北口石橋，在縣東北一百二十里，通古北口正關道。

白河渡，在縣西三里，通京師道。

潮河渡，在縣東北九十里南天門，北赴古北口城道。

以上巡幸御道。

白河季家莊渡，在縣西二里，通大水峪道。

白河旗鼓莊渡，即溪翁莊，在縣北二十里，通石塘路道。

潮河河南寨渡，在縣南三里，通夾山道。

潮河迎水村渡，在縣南五里，通銀冶嶺道。

潮河白岩渡，在縣南八里，通墻子路道。

潮河柳林營渡，在縣東北一百三里，通柳林營道。

以上別道。

驛站

密雲驛，在縣城西南，曰鳳凰驛，明洪武十三年設。清初年省，尋復置，以知縣掌之。舊額夫、馬、工料，自康熙二十九年至乾隆二十八年，代有增減。今存馬三十五匹、夫四十名，歲支有閏銀一千八百九十九兩零、無閏銀一千七百五十四兩零。按：密雲驛馬，舊有八十一匹半之說，其半匹以驢充之，此乾隆年間額定者也。自同治年，乘輿不復行幸，馳驛輕減，又加以歷年倒斃，例稱買補，以便

報銷。至光緒年間，迭次裁減，只留二成。實則現存夫、馬尚不及二成之數，歲支銀二百兩有零。石匣、古北口，其夫、馬開支數目，尚待稽考焉。

石匣驛，在石匣城東，明洪武十一年設於縣城，宣德四年徙今地。清初年省，尋復置，以石匣縣丞掌之，今統於知縣。舊額夫、馬、工料，自康熙三十年至雍正十一年，歷次裁汰。今存馬三十五匹、夫五十六名，歲支有閏銀二千二百十八兩七錢零、無閏銀二千四十八兩零。說見前

古北口驛，在古北口城北，清康熙三十九年設，以理藩院司員爲驛傳道掌之。額設馬三十五匹、馬牌子二名、馬醫一名、馬夫二十八名、損轎

夫九名、接遞皂隸三名、抄牌二名。其兼管之承德府屬，平泉州屬，灤平、豐潤、赤峰各縣屬之驛站夫、馬，不在其數。驛傳道今已裁，今統於知縣。餘見前。

窩鋪

西梨園莊、大沙坨、三里坨、西大橋、大河漕、小河漕、今没於河。五里井、本城南關、總鋪演武廳、沙峪溝、石嶺莊、雙嶺莊、穆家峪、穆家峪、總鋪九松山、南省莊、北省莊、小營莊、潮都莊、茨榆溝、崔家濠、山安口、石匣、總鋪興隆寺、芹菜嶺、白河澗、小新開嶺、大新開嶺、上店子、稻黃店、南天門、潮河

橋、古北口南關古北口。總鋪

自縣西梨園莊起，至縣東古北口止，計程一百二十里，總鋪四，每鋪壯役三名、營兵三名；散鋪二十八，每鋪巡役一名、更夫一名、營兵一名。

按：密雲自同治初元，歷光緒、宣統前後五十年間，翠華久不臨幸，蹕路傾夷，别殿離宫，鞠爲禾黍，所謂御路石橋者，半已名存實亡。至驛站夫、馬，遞經裁汰，已不及額定之半。近復裁驛歸郵，趨於便捷。其酌留二成者，以備緊要急遞，或郵電不通之處，間一用之。夫、馬、工料，不過循例造報，等於具文，已視爲無足重輕之數。則津驛一類，本可從删，姑存其舊，以備掌故云爾。

輿地

物産

礦産

禹列九服，任土作貢。物土之宜，載於《周禮》。地不愛寶，是獻菁英。苟不啓其扃鑰、發其藴藏，遂使大圜之寶終古常秘，良可惜已！至於菽粟布帛，有生所賴，而於種植之法、樹藝之經不加意研求，而徒操豚蹄爲篝車之祝，奚益也？辛亥歲，奉檄設立勸業所，董勸實業，農林、種藝始駸駸有起色。而一切天産如金、鐵、煤、石棉、晶石諸礦，環密諸山觸處皆是，而東、南、北山脉藴藏尤富，近始試辦開采。天生百貨，本以養民，奈何空守寶山而任其弃於地哉！

穀之屬

穀種不一　黍種不一　稷有二種　大麥

小麥　粱　草麥　蜀秫即玉米

豆種　芝麻　麻子有二種　蕎俗稱蕎麥。

稻有水、旱二種　粳　胡麻　芋薯近二十年中，種者頗多。即芋之一種。

木之屬

松　柏　榆　暖木

柳有二種　槐　椵　椿

桑有樹桑、條桑二種，近後購植湖桑。　楊有二種　楸　苦栗

橡　桐　櫟　柞

柘　檀　楮

果之屬

榛　栗　梨種不一　刺兒梨

桃　棗小者佳　胡桃即核桃　櫻桃

杏杏乾、杏仁爲密雲出産之一大宗。　李　檳子　蘋果

沙果　郁李俗稱歐李。　葡萄圓長二種。　菱

藕　蓮子　西瓜　甜瓜

山查即山裏紅，并入藥。　棠棣俗名海棠。　茨菇　荸薺

草之屬

葛　青藤　葦　荻

茅　蒿　蒲　艾

燕葍　茶菊　烟草　棉

麻

菜之屬

芥　薑　葱　菠菜

菘即白菜　蒝荽　山藥　瓠

蒜　韭　芹　茄子

胡盧 蘿蔔種不一 莧 瓜各種

茼蒿 蒿苣 蔓菁 黄花

椿芽 山葱 薇蕨 木耳

蕈即木菌

花之屬

菊 蓮 千葉蓮 葵

蜀錦花 石榴 海棠 秋海棠

桃 夾竹桃 桂 丁香

芍藥 萱 鷄冠花 山丹

玉簪 扁竹 百日紅 水紅

吉祥草 百合花 金盞花 鳳仙即指甲草

薔薇 藤蘿 玫瑰 剪春

月季 木槿 紫荆 牡丹

梅 水仙

藥之屬

豨薟 半夏 南星 瓜蔞

麥冬 柴胡 桔梗 黄芩

黄柏 黄連 地黄 細辛

蒼朮 紫蘇 杏仁 黄精

川芎 烏頭 菖蒲 升麻

元參 苦參 葶藶 蒔蘿
商陸 大黃 荆芥 狗脊
防風 紫草 茴香 木賊
地龍 地丁 大戟 白蘞
人參 浮萍 藁本 知母
遠志 茯苓 石膏 貫仲
郁李仁 金母 貝母 丹參
海軍 車前子 銀母 芫花
瓜蒂 天仙子 桃仁 雄黃
雌黃 甘草 酸棗仁 牽牛子
枸杞 山查 地骨皮 天花粉
柏子仁 大麻子 益母草并膏 兔絲子
五味子 蔓荆子 青木香 何首烏
金銀花 梔子 金蓮花 鹿含草
桑寄生 對花茶 白花茶 石柳茶
玄參 如意草 狼毒 蜂蜜
黃芪 虎骨

禽獸之屬

山鷄 松鷄 雉鷄 鶉
雕 虎 豹 熊

狐　獐　貉　獾

狼　兔　石猴　松狗

松鼠

水族之屬

魚不一類　白鱔　鯉　鮍

草蝦　蟹

以上物産，有昔無而今有者，增之；有昔有而今無者，删之。以紀實也。

礦産

指已發現開采地點而言，其正在勘驗者，有無未定，概不收録。

金礦

老郭店，在城東北八十里，苗綫甚明。

新開道嶺，在縣東北七十里，苗綫稍遜。

檳榔溝，在縣東北八十餘里，苗綫稍遜於老郭店、勝於新開嶺。

銀冶嶺，在縣南八里，出沙金，曾經土人淘取，采不如法，獲金無利而止。

大栅欄，在縣北十八里，苗綫尚佳。

馬家子，在縣北八里，與老郭店相等。

立梁哨，距石塘路十五里，稍遜於老郭店。

北對峪，距石塘路三十里，與老郭店相等。

以上八處，據前任知縣陳公雄藩稟督憲考稟土產土宜等表説録入。

馮家峪，在縣北六十五里。

陳家峪，在縣北九十里，與馮家峪苗綫俱旺，且甚佳。經邑人設局，用土法開采，已歷十餘年。因苗綫甚遠，尚未達正綫，且金工偷漏太多，勞費不貲，現有中止之勢。

提轄莊，在縣南八里。

山安口，在石匣西南五里。以上二處，曾經開采，未能獲利。而提轄莊及銀冶嶺口門俱已封閉，其開采之時，似在數百年以前。

銀礦、石棉礦

銀冶嶺，見前銀礦開采年限甚遠，現有人領照開采石棉。

鐵礦

冶山，在縣北八里。冶山以產鐵得名，山多產磁石，即鐵之苗綫。聞明以前，在此采煉，產鐵頗富，質亦佳，惜無人過問，重浚利源也。

煤礦

東屋里，在縣北十二里，西近白河。煤質不

甚佳，然産出頗旺。曾有土人試挖，因不解鑿引水道，見水而止。

獅子山，在古北口。

流水溝，在古北口。二處煤質與東厔里相等。

附：草煤在縣南紅寺莊。環莊皆沙田，中多含土質黑塊，鄉人名之曰草煤，取以爲炊者甚多，可代薪炭。聞墻子路附近亦有之。此外沙田各村，儻有明眼人覓得收取，亦本邑天産利源云。

水晶石礦

燕樂莊，在縣北五十里。土人登山樵牧，往往得晶石，然無人開采。石礦在銀冶嶺後，地名玉石堂，洞中出五色石，可爲桌面及玩物；間亦有晶玉，但不多耳。前數年，北京某邸遣人開鑿，以苛待工人，遇有良質，輒被銷毀，祇得燕石以歸。

石榴石礦

馮各莊，在縣東。

浮石，在縣西南黍谷山，到處有之。薄如紙，表裏通明，即雲母石也，俗謂之窗户鏡。

又煤礦三處：一在縣西太子塢，初顯苗，尚

未成熟。一在縣北白嶺，煤質甚劣。一在縣南茶棚東溝，曾有人開采，以質硬不耐火而止。

蠶　桑

古北口蠶桑局據前清光緒季年册報，前後種活桑秧二十餘萬株。前栗園莊羅振聲植桑五千株；本城傅東山、石匣鎮張蓂等植桑三千八百餘株；金叵羅張應基植桑九千餘株。議事會會場於未設議事會前，經郭大令以保、陸大令嘉藻，由農務局領到四川及湖州桑秧三千餘株，與本地桑秧雜植其中，現已城林。惟繅絲不得法，殊粗劣，出售不獲善值。

香　末

古北口、大水峪等處均有之。以水碓、水磨舂松柏根節爲屑，用製香料。亦土産之一大宗也。

《周禮》六官，百工居其一焉。其餘散見於五官者，林衡、川衡、澤虞、礦人、迹人而外，執藝事以事其上、製器以供國用者，什居三四。考工一職，審曲面勢，以飭五材，屬之工。飭力以長地材，屬之農。絲麻之事，屬之婦工。金、木、磚、

埴，一有不備，國民交困，後世斥爲末藝，不亦傎乎？密雲除農桑之外，如林業、漁業、礦産、藥材，地寶所藴，非不豐饒，顧令其自生自落，坐享自然之利。至於紡織、製造，凡有關於實業之事，雄於財者不肯輕於一試，其敢於一試者又以偶然失敗畏難而止。然則實業之興，誠河清之難俟矣！而以國家現像觀之，非振興實業，無以濬發利源、挽回利權。語曰：「雖有鎡基，不如待時。」不於此時勵精猛進，噬臍何及？彼瘠苦不毛之地，忽一旦變爲繁殖之區，雖曰地運之轉移，豈非人事哉！